1.ª edición: marzo de 2018

© Valentí Gubianas, 2018
Ilustrador representado por IMC Agencia Literaria S. L.
© Grupo Anaya, S. A., 2018
Juan Ignacio Luca de Tena, 15. 28027 Madrid
www.anayainfantilyjuvenil.com
e-mail: anayainfantilyjuvenil@anaya.es

ISBN: 978-84-698-3638-5
Depósito legal: M-34223-2017
Impreso en España - Printed in Spain

Las normas ortográficas seguidas son las establecidas por la Real Academia
Española en la *Ortografía de la lengua española,* publicada en 2010.

Valentí Gubianas

Te quiero, mamá

ANAYA

Mamá, me gusta...

... cuando me das los buenos días.

... cuando bailamos.

... cuando montamos en bicicleta.

... cuando jugamos en la playa.

... cuando miramos el cielo.

... cuando me arropas para dormir.

Te quiero, mamá.